LETTRES
DE L'INCONNUE

IMPRIMERIE J. CLAYE
RUE SAINT BENOIT 7
LABOR
PARIS

LETTRES

DE

L'INCONNUE

PARIS

ALPHONSE LEMERRE, LIBRAIRE

27-29, PASSAGE CHOISEUL, 27-29

—

1874

A mesure que j'avançais dans la lecture des *Lettres à une Inconnue*, il se formait dans mon esprit cette conviction que l'inconnue était un mythe, et que par le fait ces lettres ne sont que des notes, des tablettes personnelles, une façon de mémoires d'outre-tombe. Eh bien! je me trompais, l'inconnue a existé.

Il y a dans la 328e lettre :

« Chère amie, je suis malade depuis un mois, il m'est impossible de rien faire, même de lire. Je souffre beaucoup et je n'ai que peu d'espérance. Cela durera peut-être longtemps. J'ai mis de l'ordre dans un des rayons de ma bibliothèque et je vous garde les *Lettres de Mme de Sévigné*, en douze volumes et un petit Shakspeare; quand vous viendrez à Paris je vous les enverrai. — Merci de penser à moi. »

Et dans celle du 23 septembre 1870, la dernière.

« Chère amie, je suis bien malade, si malade que c'est une rude affaire d'écrire. Il y a peu d'amélioration. Je vous écrirai bientôt, j'espère, plus en détail. Faites prendre chez moi, à Paris, les *Lettres de Mme de Sévigné* et un Shakspeare. J'aurais dû les porter chez vous, mais je suis parti.

« Adieu, je vous embrasse. »

Ces mots deux fois soulignés, les *Lettres de Mme de Sévigné*, me furent comme une réplique qui réveilla aussitôt en moi un souvenir engourdi depuis trois ans.

Après tous les événements de 1870-1871,

en rentrant chez moi, j'avais trouvé tout bouleversé, beaucoup d'objets avaient disparu, entre autres douze cartons, contenant des manuscrits, des projets, des notes, etc., toutes les lettres reçues par moi depuis vingt ans, — et dans le nombre, des autographes auxquels je tenais comme à mes yeux.

Je me mis aussitôt à battre ma banlieue, à trois kilomètres à la ronde, pour tâcher de recueillir quelques épaves, — peines perdues. — Mais, en fouillant chez un Auvergnat, dans un bouge plein d'objets de toutes sortes, parmi des habits, des vieux souliers, des poêles graisseux, un amas de tuyaux, de chaises et de meubles éclopés, j'aperçus un tas de paperasses sur lequel je me lançai avec avidité. Mais, hélas! ce n'étaient pas les miennes! et je n'y découvris rien qui me fût personnel.

Je remarquai toutefois des liasses de

lettres, toutes pliées dans le même format; plusieurs de ces liasses déficelées gisaient éparses; — une seule était encore presque intacte, serrée entre deux cartons par des liens en caoutchouc, le tout enveloppé avec soin dans un papier gris scellé à la cire bleue; le cachet avait été rompu, probablement pour vérifier l'intérieur. — Sur l'enveloppe on lisait :

1. — *Lettres de Mme de Sévigné.*

« Ça ne vaut pas grand'chose, me dit le marchand, ça n'est que de l'écriture. »

En effet, pensai-je en souriant, et je m'éloignai.

On se fera facilement une idée de mon empressement à retourner chez ce chiffonnier, lorsque, trois ans après, mon souvenir se réveilla en lisant la dernière *lettre à une inconnue.*

Je retrouvai le même marchand et le

même bouge, mais inextricable, encombré jusqu'au faîte; l'*établissement* s'était même augmenté d'un grand hangar adjacent en train de se remplir aussi.

Je demandai à cet homme s'il avait encore, dans un coin que je lui désignai du doigt, le monceau de papiers que j'y avais vu trois ans auparavant.

— Ça se peut bien, me répondit-il, mais s'il en reste ce sera de la chance. Je laisse les vieux papiers pour empêcher les rats de ronger les boiseries; vous comprenez bien que je n'y laisserais pas des actions de la Banque. »

Je n'avais pas le temps de rire.

« Vite, vite, lui dis-je, — débarrassez tout ce qui gêne pour aller là, — que j'y regarde encore.

— Mais c'est le diable à déranger tout ça!

— J'aiderai et je payerai ce qu'il faut.

— Allons-y. »

Une demi-heure après, armé d'un rat de cave, je rampai pour ainsi dire jusqu'au but convoité, et je vis avec une joie mitigée de tristesse, que les lettres y étaient encore, mais dans quel état, grands dieux! tellement moisies et humides que les rats n'y avaient presque pas touché. Je dépliai un madras, j'y déposai religieusement ces précieux restes, et, me repliant à reculons vers la porte, je mis quelques pièces blanches dans la main de l'Auvergnat, et rentrai chez moi au pas accéléré. — Le cœur me battait! — Évidemment mon madras contenait le mot de l'énigme.

Il a été possible d'extraire de la première liasse, la moins malade, les lettres qui font l'objet de cette publication. Mais en les dépliant une à une, il s'est produit des vides, des angles se sont effrités sous nos doigts, et nous avons rencontré beaucoup de mots mangés par une espèce de rouille. — Nous avons donc été obligé de remplacer par des points ce qui était détruit ou absolument indéchiffrable, et il va sans dire que nous avons supprimé les indications de personnes.

Les *Lettres de l'inconnue* sont beaucoup plus nombreuses que celles de l'académicien; mais, vu leur état matériel, il a été absolument impossible d'en reconstituer plus de vingt, qui, malheureusement, ne nous conduisent qu'à la fin de l'année 1842.

Il serait vraiment dommage que ces lettres fussent entièrement perdues. Après lecture, on comprendra que c'est avec justice que l'auteur regretté de *Colomba* a écrit de sa main sur chacune des douze liasses : *Lettres de Mme de Sévigné.*

En qualifiant ainsi cette longue correspondance, il a voulu rendre un hommage *in extremis* à celle qui fut son amie assidue pendant plus de trente ans.

Cette restitution le préoccupait, car on trouve dans la lettre VIIme :

« Rassurez-vous pour vos lettres. Tout ce « qui se trouve d'écrit dans ma chambre « sera brûlé après ma mort. »

Il ne prévoyait pas que la Commune essaierait d'être en cela son exécuteur testamentaire. Mais lorsque l'incendie envahit la maison, on s'empressa de jeter par les fenêtres tout ce qui pouvait lui être un aliment facile. Les paperasses tombèrent les premières dans la rue ; c'est peut-être la seule épave qui ait échappé au désastre.

UN INCONNU.

LETTRES

DE

L'INCONNUE

I

Je ne sais ce que vous allez penser de moi, mais tant pis, je me risque, je vous écris.

Pourquoi avez-vous fait des livres, et pourquoi les ai-je lus? Et les ayant lus, pourquoi ne puis-je empêcher ma tête de songer à l'auteur?

Pourquoi, ayant lu beaucoup, — et peut-être beaucoup trop déjà — êtes-vous le seul avec qui je me sente en goût d'entrer en communion intellectuelle?

Mon parrain, qui m'aime et s'est fait le cerbère de mes dix-huit ans, juge néanmoins indifférent de laisser la clef sur sa bibliothèque, m'y laisse fouiller à cœur joie, et ne voit pas de mal à cela; — je lis tout, cela lui est égal.

Il existe entre autres, dans le nombre, un exemplaire du théâtre de Clara Gazul, avec le portrait de l'auteur, une belle femme en vérité. — Un jour que j'étais en contemplation devant cette image... mon cousin entra, je fermai le livre, il me le prit des mains malgré ma résistance, car j'avais honte, et quand il eut vu le titre de l'ouvrage, il eut un mouvement de colère, et il s'écria en rejetant le volume avec dégoût : « Peut-on laisser un pareil livre dans les mains d'une petite fille! »

Mon cousin a vingt ans, monsieur, j'en ai dix-huit, et, pour lui, je suis toujours une petite fille; où donc a-t-il les yeux? Il a été élevé au séminaire, comme moi au couvent; — mais moi j'ai des couleurs, lui, il est très-pâle et pense déjà à son salut. — Je lui fis observer que ce livre ayant été écrit par une dame, une demoiselle pouvait le lire...

C'est alors qu'il me dit, monsieur, que ce livre était de vous, et que Mlle Clara Gazul n'avait jamais existé ; — il ajouta que vous étiez un mauvais sujet, un païen... et qu'il ne fallait pas lire vos ouvrages, sous peine de perdition et de damnation éternelle. Le soir à table il fut encore question de vous, et je n'ose pas répéter tout le mal qu'on en a dit, mon parrain en tête. — J'en étais révoltée, je sentais le rouge me monter aux joues, et un peu plus les larmes me venaient aux yeux, si je n'étais parvenue à les refouler.

Le lendemain je repris le livre, et restai toute une heure à regarder le portrait de Clara Gazul, mes yeux ne pouvaient s'en détacher. — Est-ce bien là, me disais-je, la tête de quelqu'un qui n'a jamais existé? — et, chose bizarre, monsieur, — je crus voir que le portrait s'animait, me souriait, et me remerciait de n'avoir pas cru que vous étiez aussi noir qu'on me l'avait dit.

Après avoir lu et relu tout ce qui était de vous dans la bibliothèque de mon parrain, je pensai que j'étais destinée à jouer un rôle dans votre vie. Ne vous méprenez pas, c'est à votre âme que j'en veux ; il me semble que j'ai là quelque chose de bon à faire. Vous devez avoir le sens assez délicat pour me comprendre!

Il y a cinq jours — à ... je donnais le bras à Mme ***, sa fille était de l'autre côté avec mon parrain. Nous fûmes croisés dans notre promenade par un monsieur qui salua Mme ***; à peine avait-il salué et passé, que je poussai un petit cri; — je pressai le bras de Mme *** : « C'est M. P. M. n'est-ce pas? — Oui, vous le connaissez donc? — Non, — dis-je toute émue et tremblante, mais je le reconnais. » J'ai bien vu que vous ne m'aviez pas regardée, absorbé comme vous l'étiez par votre politesse de passage à Mme ***. Mais, moi, je suis sûre que, plus loin, vous vous êtes retourné vers nous.

N'y a-t-il pas là, monsieur, entre nous, comme une prédestination — le doigt de la Providence? — je ne dis pas le doigt de Dieu, parce que vous ne croyez pas en Dieu, dit-on.

Eh bien, — si vous n'êtes pas ce qu'on dit — monsieur, écrivez-moi, ne serait-ce que pour vous réhabiliter dans l'esprit de votre plus fervente lectrice.

Si vous êtes aussi mauvais qu'on vous a peint, écrivez-moi *encore plus* pour que je m'arme en guerre afin de vous ramener dans le droit chemin, et vous sauver de l'abîme.

Celle qui sera votre ange gardien.

P. S. — Ne me traitez pas en petite fille, mais en amie ***vénérable***; quoi que vous m'écriviez, je le comprendrai; *c'est ce qui fait ma force.*

Mettre ainsi l'adresse :

Mademoiselle ***

à

Pour remettre à...

II

Non — monsieur et *ami* — je ne suis pas une espiègle, et je ne crois pas que vous soyez si vieux que vous le dites. — Je ne crois pas non plus à toutes les mauvaises qualités qu'on vous donne, et sur lesquelles vous renchérissez comme à plaisir. Vos cheveux gris me font rire et me laissent profondément incrédule. Vous n'êtes pas un ange, c'est évident, mais vous n'êtes pas non plus un démon.

Vous êtes plutôt, je le crois, une façon de hérisson, et devant la main amicale que je vous tends, vous vous repliez sur vous-même... Vous

vous mettez en boule, et, riant sous cape, vous me dites : Viens-y donc !

Eh bien, après, croyez-vous donc que cela m'effraye? Vous le voyez, j'avance encore la main, et si je me pique le bout des doigts, je les porterai à mes lèvres, et j'en sucerai les gouttes...

La saveur m'en sera douce et chère !

Je suis une Beaumanoir, je boirai mon sang.

Je vous écris du château de..., et le désœuvrement est si grand, qu'à chaque minute *on me veut !*

En ce moment ma plume sautille d'inquiétude, et j'ai l'oreille au guet : j'ai peur qu'on ne me prenne la main dans le sac, non que je croie faire mal en vous écrivant — je me donne *quictly* l'absolution — mais que diraient les autres pour qui vous ètes un mauvais catholique ? J'aurais peine à leur faire croire que vous êtes le directeur de ma conscience, le cri général serait — *shame upon you !* et tous les échos du vieux château répéteraient d'une voix lugubre : *Shoking ! shoking !*

Comment vous ferai-je parvenir cette lettre?... Je n'en sais rien encore, ma chère Clara Gazul, la poste est à deux milles d'ici, il faut que quelqu'un s'en charge; — je peux écrire à mes frères, à mon amie de couvent, Lovely R..., à lady M..., à Mme T... et faire porter le tout par un domestique; mais vous qui êtes en dehors de tout cela — une *horrible* exception dans la nature... voilà l'énorme difficulté — A Londres, à Paris, ce ne serait rien...; je sors seule, comme je veux, je m'esquive dix minutes, un quart d'heure, une heure même, personne ne s'en étonne, et une lettre est bien vite passée d'un manchon dans une boîte aux lettres... Là, les prétextes de petites sorties ne sont pas *objectionnables* comme ici — un peu de laine à rassortir — un dé perdu — des gants — une babiole enfin... Ici, rien de tel n'est possible; mais je puis recevoir des milliers de lettres sans inconvénient, et de fait j'en reçois de tous les *coins du globe,* tant et tant que les vôtres passeront d'emblée, à la condition, toutefois, que vous vous appliquerez à écrire l'adresse avec cette anglaise banale qui est ici l'écriture de toutes les dames et demoiselles bien élevées — vous savez... il s'agit de ne pas remuer les doigts et d'écrire avec le coude.

A bientôt, ma chère miss Clara hérisson, je languis après vos lettres réitérées — elles m'arriveront tant que vous voudrez — et les miennes iront à vous autant que je pourrai.

A vous.

***

III

Il est certain, monsieur, que vous n'auriez plus reçu une ligne de moi, si cette dernière lettre n'était devenue nécessaire pour mon repos et pour le vôtre. Non que je pense que ma fragilité (*my name is woman*) puisse avoir un poids quelconque dans votre destinée. Mais il me semble très-présumable que vous me trouvez bien *would-be*, et que mon intempestive ingérence dérange vos habitudes. Vous dépensez à me lire un temps que je dérobe à l'incubation de vos œuvres ou à la satisfaction de vos plaisirs. Je ne suis qu'un grain de poussière dans vos préoccupations. Soufflez sur moi et tout sera dit. De mon côté je vais tâcher d'éteindre votre souvenir dans mon âme. Notez que je ne dis pas mon cœur; mon cœur non plus que le vôtre n'a eu aucune part dans notre déjà bien longue correspondance. Tout cela n'était qu'un vain jeu d'esprit. Finissons-en, n'est-ce pas?

J'ai besoin de retrouver le sommeil inconscient de mon enfance. C'est si bon ce sommeil dont on sort le sourire aux lèvres — *the balmy sleep!* et les deux mains qui se joignent — et ce ciel bleu où les yeux s'égarent et ces prières que l'on dit. . . . .

. . . .

Vous avez eu raison, monsieur, d'être resté si longtemps sans me donner de vos nouvelles. Vous m'avez laissé le temps de la réflexion et du recueillement. J'ai repris possession de moi-même — puis j'ai fait de vilains rêves à votre sujet. — J'ai consulté les oracles. Je ne vous dirai pas lesquels. — Je crois aux présages — et tous, *tous*, sont contre la continuation de nos relations intellectuelles... On commence ainsi, on finit par le remords et le regret.

Du reste jugez-en, et ne riez pas.

Un moment le pressentiment a pris chez moi la forme de l'hallucination; — la Faculté dit ainsi, mais les Écritures disent *vision*, — la vision enfante la prophétie, et dans la suite des temps la prophétie se réalise.

Il y a dans ma chambre un tableau, un portrait d'enfant : un chef-d'œuvre. Figurez-vous un petit être, un chérubin tout rose, nu comme un ver, peint en raccourci, et si jeune qu'il se tient à quatre pattes : la première proposition de l'énigme du sphinx, ou si vous le préférez le fruit de Léda venant d'éclore; seulement le peintre n'a pas mis la coque brisée, ni Léda, ni le cygne. Ce petit ange est à coup sûr l'enfant du peintre lui-même, car il sourit de ce sourire qui donnerait une âme au marbre le plus dur. Il a l'air de sortir de son cadre pour s'élancer au cou de l'artiste.

Jusqu'à ce jour, ce tableau n'était pour moi qu'une peinture, rien de plus. Hier, en me réveillant, et sortant d'un rêve, — dont vous étiez, — émue et troublée, les yeux humides et le cœur gonflé, sentant vibrer en moi toutes les fibres de mon être, je jetai les yeux sur l'enfant...; je crus entendre un léger cri, l'enfant se soulevait sur ses pieds, me tendant ses petits bras, je lui ouvris les miens, il s'élança vers mon lit, je voulus le serrer sur mon sein... le couvrir de baisers...; mais un élancement aigu, un éclair douloureux me traversa le cerveau, — je levai les yeux vers le cadre, je ne voyais plus rien... la toile était noire et creuse. Puis je vis comme des étoiles dans ce noir profond, puis comme des taches rougeâtres qui devinrent lumineuses, puis des étincelles et des cercles qui allaient s'élargissant, s'avançaient... s'avançaient vers moi comme pour me dévorer. Je mis la main sur mes yeux, et, plongeant ma tête dans mon oreiller, je priai Dieu de me prendre en pitié.

Peu à peu je me calmai — mais j'avais la fièvre! J'aurais voulu pleurer. Les larmes ne me sont venues que le lendemain, et la raison aussi.

. . . .

Puisque vous ne m'avez pas encore envoyé votre aquarelle tant promise, je vous en prie, gardez-la. Ce dessin fait par vous pourrait me fatiguer les yeux jusqu'à l'hallucination. — C'est une maladie dont j'ai peur maintenant. Ce mal m'a pris la première fois pour avoir trop regardé le portrait de Clara Gazul.

Vous ai-je dit quelque part, dans une de mes précédentes lettres, que mon amour était promis depuis longtemps, et que j'étais exposée à me marier à première réquisition? Il y a des années que mon parrain et mon oncle ont arrangé cette *affaire*-là. Je n'y pensais plus, non plus que l'*autre* de son côté. Mon cousin (c'est lui) ne songeait absolument qu'au salut de son âme. Et je me berçais de l'espoir qu'il m'avait oubliée, — à ce point de vue, — en arrière, tout là-bas, au loin, sur la route déjà parcourue de son éternité future. Mais voilà qu'il revient sur ses pas, et qu'il me regarde pour tout de bon; c'est un bon garçon, que j'aimais comme un frère, et qu'il ne me sera pas plus pénible d'aimer comme mari. Il ne me fait pas peur, lui. Hier, à dîner, il s'est hasardé à me dire, dans le creux de l'oreille, que son confesseur lui avait affirmé qu'on pouvait *très-bien* faire son salut dans le mariage. Et comme je le regardais avec de grands yeux étonnés, il a rougi comme une cerise et a plongé le nez dans son assiette, comme s'il venait d'être atteint de myopie foudroyante. — « Oui, mon cousin, lui dis-je, je sais que le mariage est un sacrement respectable. — Oui, reprit-il avec feu, le mariage c'est l'absolution anticipée de ce péché qui n'en est plus un alors : de ce péché mortel qui envoie les célibataires endurcis dans les flammes éternelles, mais qui ouvre toutes grandes, aux époux de bonne volonté, les portes de la béatitude céleste ! »

Vous le voyez, monsieur, il n'y a plus à reculer, et je me trouve engagée pour la vie.

De votre côté, vous allez vous trouver bien à l'aise avec celle qui depuis un grand mois vous arrache la plume des mains quand vous voulez m'écrire . . . .

Après vingt-quatre heures, je viens de relire tout ce qui précède... — Suis-je assez folle, *dear soul !* je voulais tout déchirer; mais pour me punir, je n'en fais rien, je vous envoie ma prose telle quelle, *avant la lettre*.

Aussi pourquoi me laissez-vous mourir d'inanition? la plupart de vos lettres sont des énigmes. Je ne m'y trouve pas et je vous y cherche en vain. Quelquefois hérisson tout pelotonné sur vous-même, autrefois chat qui fait le gros dos, appelle les caresses et... prépare ses griffes!

Êtes-vous assez bizarre? Vous me désespérez, vous manquez de confiance et d'abandon.

Vous êtes préoccupé d'une grosse affaire, dites-vous, vous avez mille sujets de tristesse..., et c'est tout! et vous laissez là-dessus, le champ ouvert à mes inquiétudes et à mes suppositions. Et puis il me semble que vous êtes inflexible dans votre programme de vie personnelle. Vous allez *là* parce que c'est décidé avec vous-même, parce que cela *va* à votre égoïsme implacable. Vous ne vous détourneriez de rien pour serrer la main amie qu'on vous tend. Vous ne retarderiez pas d'une heure les cent lieues à faire pour voir un Rubens, en faveur de celle qui sera peut-être demain pas bien loin de vous... Tenez! je vous tends encore une main pacifique. C'est un dernier appel à l'amitié confiante.

Tout ne tient plus qu'à un cheveu.

***

P. S. — On parle de rentrer à Paris pour le milieu d'octobre.

IV

God bless you, dear ghost! your letter is much sweet than the last one, I will sleep upon during a long time. — En attendant, envoyez-moi *le Moine*, il me dira peut-être quelle conduite je dois tenir dorénavant à votre sujet. En retour, je veux vous faire une surprise... Attendez-vous à un travail de fée.

Pourquoi ne pas vous l'avouer? — eh bien, oui, moi aussi, je serais curieuse de vous voir avec mes yeux et de vous entendre avec mes oreilles. Et cependant il y a des raisons qui certainement m'empêcheront longtemps encore, sinon toujours, de me rencontrer avec vous, — j'y mettrai tous mes soins !

Je devine bien que vous avez la ferme volonté de ne jamais *tomber* amoureux de moi. Gardez-vous-en bien. Si ce malheur-là vous arrivait par ma faute, j'en serais inconsolable.

Et puis, malgré cela, je ne me fierais pas à l'amitié pure d'un homme dont ceux qui m'entourent ont une opinion... qui me froisse quand elle se manifeste, — mais qui ne laisse pas d'ébranler ma confiance quand j'y réfléchis.

Oui, — au point de vue de ma propre sûreté, — j'ai moins confiance en votre amitié *pure*, qu'en votre amour *sincère*. L'amitié exige plus que l'amour. L'amour vrai vit surtout d'espérance.

Avez-vous lu, dans les lettres de Desmoutiers à Émilie, le chapitre ayant pour titre : *Voyage à Cythère?*

Maintenant que l'on a inventé les chemins de fer et la philosophie positive, on supprime tous les préliminaires et les épreuves chevaleresques! En amour comme en affaires, — *time is money*, c'est la devise moderne...

Alas! poor myself...

et comme l'a dit un grand poëte :

Et dans ce grand travail où notre temps se livre
On vit si promptement que l'on vieillit sans vivre!

Ah oui! — le temps des Tircis et des Philis, des Roland et des Tancrède, est *far far away !* l'on ne porte plus à sa coiffure le moindre *green willow*, comme dans la chanson à la mode.

In this happy time, il fallait :

1° Deux ans pour rougir et baisser les yeux:

2° Deux ans pour se dire bonjour;

3° Trois ans de bouderie après le premier aveu.

Puis après une longue pérégrination volontaire l'amant revenait :

Cruelle, pour vous apaiser
Je cours sur la terre et sur l'onde,
Et, pour obtenir un baiser
Deux fois j'ai fait le tour du monde!

Le baiser alors était accordé, et les épreuves commençaient. — L'amoureux

S'en allait par les grands chemins
Piquant des deux sa haquenée

Jusqu'au fond des pays lointains
Traîner sa chaîne infortunée.
Là, tous les jours, bravant la mort
Combattant d'estoc et de taille,
Il laissait au champ de bataille
Un membre au Midi, l'autre au Nord,
Une jambe dans l'Amérique,
Une main chez les musulmans,
Un œil dans les déserts d'Afrique...
Ainsi du reste. Au bout d'un temps
Illustré par mainte victoire,
Ce vaillant redresseur de torts
S'en revenait pauvre de corps
Mais riche d'amour et de gloire.
La dame pour le dénoûment
Se rendant enfin plus traitable
Épousait solennellement
Ce qui restait de son amant!

Or, comme si j'exigeais de vous, *caro mio,* de pareilles épreuves, cela dérangerait trop vos habitudes invétérées, — je ne veux pas que vous m'aimiez, — je ne voudrais pas, moi, me... marier, sans toutes les épreuves préalables usitées dans le bon vieux temps. Quoique, à tout prendre, de nos jours ce sont presque toujours *des restes* qu'épousent nos *young ladies;* elles se marient les dents longues, *les pauvres,* comme on dit à Agen, et après avoir rongé quelques maigres bribes, —

elles mordent où elles peuvent. De là, toutes ces histoires terribles qui font dresser les cheveux sur la tête.

Et puis, après tout, un homme, non entamé, qui épouserait une femme comme moi, serait un homme bien à plaindre, croyez-le, à cause même de l'excessive fidélité dont je me sens capable!

Néanmoins, quoique je ne veuille vous voir en aucune façon, je me sentirais bien heureuse si vous vouliez me sacrifier votre Rubens, et rester à Paris à la même époque que moi. Ce serait là comme l'aube d'un voyage à Cythère, qui pourrait doucement et sans choc nous conduire à l'apothéose finale.

Songez donc comme il est doux de se trouver dans la même ville, à une proximité qui nous permettra peut-être d'écouter le bruit de la même charrette, — d'entendre travailler le même maçon, — de voir tomber la même pluie, — de savourer enfin le même brouhaha! — Quelle poésie! Il me semble que c'est déjà là un joli commencement pour un attachement qui menace de durer autant que nous.

A propos — que faites-vous de mes lettres? Je suis parfois inquiète en songeant qu'elles pourraient me survivre et passer fortuitement dans des mains railleuses ou froidement indifférentes.

Et puis, pour une miss bien élevée, c'est bien délicat, *savez-vous*, d'écrire ainsi à quelqu'un qui ne lui a pas été présenté!

Votre ange rebelle.

V

Non — *caro mio* — non, vous ne mourrez pas cette année, et votre horrible gastrite n'est que le résultat d'un excès quelconque — de table ou autre. J'ai consulté notre *physician-surgeon-chemist-doctor Phlipps :* — un peu de frugalité et de la sagesse, ne pas travailler, dormir, se tenir les pieds chauds, et tout sera dit. Notre docteur Phlipps a une vaste clientèle dans le *West-End*, il est très-savant et pas droguiste ; quoiqu'apothicaire, c'est un honnête homme.

Vous me répétez encore que vous êtes vieux et *laid*, très-capricieux d'humeur, toujours distrait, taquin et méchant quand vous souffrez — et vous ajoutez : Qu'y a-t-il là qui ne soit très-rassurant!

Ah tentateur!... si vous êtes tel que vous le dites, je vais vous adorer. Un homme joli et d'un caractère égal me ferait fuir au bout du monde.

Prenez garde : si vous m'avez trompée, si vous n'êtes pas aussi laid que vous me le promettez, moi aussi je poignarderai le soleil, et même je lui jetterai de la terre au visage, comme font les naturels d'une île que l'on est en train de découvrir au pôle sud.

Connaissez-vous lord Brougham? — est-il beau? non. Eh bien, j'en fais mes délices. — Nous avons en France le grand orateur Crémieux..., il me prend à toute heure des velléités de

> L'enlever dans sa mante,
> Comme un enfant qui dort!

Mirabeau, le grand Mirabeau, j'aurais été sa Sophie!

Ah! vous me dites que vous êtes laid, imprudent! — Eh bien, faites un pas de plus, ajoutez un charme à votre laideur, écrivez-moi que vous êtes grêlé, et je quitte tout pour vous suivre.

Mais sortons de l'exagération, mon cher Caliban. vous êtes triste, vous avez, dites-vous, mille raisons de l'être. Et puis, voilà tout, et vous laissez comme toujours ma vive sympathie le bec dans l'eau. — Vous avez besoin d'un ami féminin ; eh bien, c'est dit, servez-vous de moi pour cet usage, — honorez-moi de votre platonique amitié — mon sein s'ouvre tout grand pour vos plus intimes confidences, — versez-y vos peines..., inondez-le de vos larmes amères : elle vous trompe, n'est-ce pas, *celle* qui n'est pas moi ? Elle est fausse, cruelle, volage, — enfin, elle vous rend bien malheureux, — et ce qui est le plus terrible, elle se moque de vous, et blesse votre amour-propre... Et ce n'est que de vive voix que vous pouvez me confier toutes ces choses-là.

Alors, s'il en est ainsi, attendez-moi sous... Je vous dirai sous quoi quand je serai à Paris. — Mais auparavant j'irai aux références...

Le *schizzo* va *piano e sano.* Vous le recevrez bien sûr un jour ou l'autre.

Vamos poco a poco, y evitemos la orilla, un trépozon nos perderio...

Car autrement :

Hand in hand, with wandering steps and slow,
Through Eden we should take our solitary way.

Donc, cher ami,

Ythe man Eth ihychirsac ly coth sith naza!

Cette dernière phrase est du carthaginois le plus pur; si vous n'en saisissez pas bien le sens, faites-vous-la traduire par *votre Irlandaise blonde!*

Tant pis, je viens de me trahir — vous le voyez, je sais tout! — et cela vient de ce que, par suite d'une forte démangeaison aux doigts, j'ai lu la lettre que vous écrivait M. V... il y a cinq jours. *Mea culpa.* — Je suis femme, et je saurai bien me faire pardonner, *amigo de mi alma.*

A bientôt.

Your foolish darling.

VI

Pardonnez-moi, — je souffre, et ne saurais faire aucun effort pour vous écrire trois lignes qui aient le sens commun. J'ai peine à tenir la plume, tant elle pèse à mes doigts. Je ne veux pas que vous pensiez que je suis indifférente : je souffre, voilà tout.

Vous savez ce que c'est vous-même. Moi aussi, je suis bien triste, à cause de bien des choses. J'ai comme des étranglements au cœur, — puis des sensations très-pénibles dont vous ne pouvez vous faire une idée, vous autres. Puis... des serrements à la gorge... et des tremblements. Les extrémités qui se glacent tout à coup, et, — lorsque la chaleur revient, — je me détire les bras à les briser, et j'ai de longs bâillements qui ont l'air de me partir du bout des pieds.

Notre aimable surgeon Philipps, que je viens de consulter, s'est mis à rire de bon cœur. J'étais outrée. — « Votre maladie est loin d'être mortelle, m'a-t-il dit en clignant un œil, — c'est une simple crise d'éclosion, — ce n'est pas moi qui peux vous guérir ! » Je me sentais tellement agacée de ce qu'il me disait là, que j'ai levé la main sur lui, et que j'ai voulu le battre ; — il m'a saisi les doigts et y a déposé un baiser très-médicalement respectueux. — Mais enfin, n'est-ce pas là une bien grande hardiesse pour un homme de science, je vous le demande ?

D'autant que je sens bien qu'il n'a rien compris à ma maladie, — je suis *très*, *très*-malade : et quand je serai morte..., on dira : La pauvre fille ! qui aurait pu croire qu'elle était si en danger que cela !

Mes horribles angoisses ne m'empêchent pas, *caro*, de penser à vous — par intervalles — dans les rares éclaircies que me laisse ma maladie.

J'ai même eu la force d'envoyer mon portrait demi-grandeur à l'artiste, pour qu'il m'en fasse une bonne copie, toute petite. — Vous devez savoir à qui je la destine.

Je sais par V... qu'en octobre dernier vous m'avez vue et dévisagée à votre aise, et cela, à mon insu. Que m'importe l'impression que ma personne a pu produire dans votre esprit! C'est là une préoccupation temporelle, — et dans l'état désespéré où je me trouve, mes idées doivent se tourner exclusivement vers mon souverain rédempteur.

Adieu.

***

P. S. — Si vous m'aimez, au reçu de cette lettre, la dernière peut-être! — prenez vite une voiture, allez aux Petits-Pères, et faites brûler un petit cierge à la chapelle, au fond, à droite, — ne vous trompez pas. — Vous direz une prière, *à votre façon*. — Faites cela pour votre amie.

VII

Vous êtes à Londres, j'en suis heureuse; mais je serais tout à fait inconsolable si je croyais en être la seule cause. Est-ce pour moi que vous avez bravé *the glad waters of the dark blue sea*, et que vous avez été exposé deux heures durant à faire les politesses d'usage à la gent argentée et dorée qui peuple l'empire de Neptune? — N'est-ce pas plutôt le British Museum qui vous attire?

Surtout, ne vous avisez pas de venir nous rendre visite *at home* sous un prétexte ou sous un autre. — Je vous en prie, ne jouez pas avec moi la comédie banale que l'on voit au théâtre. J'ai horreur de toutes les traditions ; tout ce qui serait voulu et combiné dans nos relations ferait tomber le charme, et mes illusions s'évanouiraient. Livrons-nous à l'inattendu.

Je suis bien aise que le *schizzo* vous ait plu.

Enfin vous êtes à Londres. — Je vous le répète, j'en suis heureuse, bien heureuse. Mais je vous affirme que nous ne pourrons nous voir d'aucune façon, — à moins que le hasard seul !... Et si je le voyais poindre, ce hasard, sachez que je me mettrais aussitôt en mesure de l'éviter et même de le fuir.

Ne me forcez pas à vous dire pourquoi je suis aussi rétive... — Chez vous le *désir* de me voir de près tourne à l'idée fixe, et cette persistance effarouche mon instinct. Il eût mieux valu que vous ne m'eussiez jamais rien écrit à ce sujet, et peut-être serais-je venue de moi-même.

Vous me dites : « *Vous savez bien que je ne vous mangerai pas.* » Ah ! voilà, pour un homme d'esprit, un joli pas de clerc que vous avez fait là. — Je ne vous mangerai pas ! Et aussitôt j'ai pensé, d'abord à ce pauvre petit chaperon rouge, — et ensuite, tout naturellement, à cet affreux Raminagrobis ; je me suis métamorphosée en souris craintive, et je reste repliée dans mon trou.

Et là, pour me rétablir en confiance, je lis et je relis vos lettres presque journellement. — J'essaye d'en tirer une synthèse qui soit vous. Je n'y trouve que contradictions, rien qui supporte même l'analyse. Vous êtes, pour moi, un homme fermé à double tour. Un être réfractaire à toute sympathie. Vous êtes encore plus mystère que le premier jour.

Voyons, — vous, qui faites de si jolis apologues sur le diamant vrai et le diamant faux, qui êtes-vous vous-même ? Êtes-vous le caillou brut qui cache le diamant avant la taille, ou seulement le silex d'où peut jaillir l'étincelle quand on le heurte ? — Je n'en sais rien, j'ai essayé souvent de vous heurter, — j'attends encore l'étincelle...

Vous me traitez en enfant, — vous amoncelez des phrases pour m'éblouir, — votre style est d'une sobriété préméditée, votre plume vous guide, plutôt qu'elle ne vous obéit, et votre politique sentimentale me paraît parfois cousue de fil blanc...

Non, ce n'est pas ainsi que parle la nature!

Le style c'est l'homme, dit-on; or comme dans le style de vos lettres je ne vois *aucun homme*, j'en conclus à une embuscade épistolaire, et je me tiens sur mes gardes, j'ai peur d'une *double méprise !*

Que va-t-il résulter de cet excès de franchise? je frémis rien que d'y penser.

Ce que vous avez de mieux à faire c'est de remonter sur votre Olympe et de me rejeter dans mon néant.

Et ce sera ma faute; pourquoi ai-je voulu jouer le rôle de Sémélé? . . . .

. . . .

. . . .

Cher ami, il ne faut tenir aucun compte de cette lettre, *je ne vous en adresse que la copie*, et je viens d'en jeter le *brouillon* au feu, — là, — il brûle, il s'éteint... Voilà toutes les petites religieuses qui rentrent dans leurs cellules, — puis la tourière qui ferme la porte — plus rien, bonne nuit! demain le soleil luira comme d'habitude, à moins qu'il ne fasse un épais brouillard; — cela dépendra de Jupiter.

Miss Pandore.

VIII

Amigo Antonio La Mariquita de vm, mañana estara en Paris...

Je ne veux pas vous gronder de votre long silence, je ne crois pas que vous ayez voulu me tenir rigueur, je crois plutôt que pendant cette période écoulée, vous ennuyant au logis, vous avez déployé vos ailes vers un lointain pays; — ne me dites pas que c'était bouderie toute pure, je ne vous croirais pas. Vous êtes de ceux à qui les pieds démangent plus que le cœur — et le vôtre attend encore le premier coup de poignard de la femme aimée, — du moins, je me berce de cette illusion ! — et fussé-je la femme aimée de Votre Hautesse, je ne me risquerais pas à briser la lame de mon poignard dans la triple dure écorce qui chez vous enveloppe ce... viscère, — comme vous l'appelez poétiquement.

Entre vous et moi, le cœur n'est pas en jeu, et depuis bientôt, *des années*, c'est convenu, — nous nous comprenons sans nous entendre, — nous arrivons parfois à nous cristalliser l'esprit ; il en résulte des effets de prisme où notre âme, qui n'est pas un viscère, entrevoit toutes les couleurs de l'arc-en-ciel, puis tout retombe dans la pénombre, et tout est à refaire.

Nous soulevons le cristal de Sysiphe.

Que voulez-vous, c'est à qui ne jouera pas cœur sur table. En amour se livrer à crédit, c'est être dupe, — et l'on en meurt.

Vous me direz encore une fois que je comprends assez bien la théorie. — Oui. — C'est ce qui me sauve.

Cette pauvre Julie de Chaverny [1], entraînée par

1. Il s'agit de la *Double Méprise*, le chef-d'œuvre de l'Académicien (*Note de l'éditeur.*)

la passion du jeu, n'a-t-elle pas inconsidérément joué son va-tout; — et alors, cet affreux Darcy, faisant sauter la coupe, a tourné le roi du premier coup, fait la vole, empoché l'enjeu, remis ses gants, et salué sa dupe comme eût fait le premier escroc venu.

Don Juan ou Lovelace eussent au moins sauvé les apparences, et, par une attitude inspirée, laissé planer dans la conscience de leur victime une vibration éolienne et comme un vague espoir de revanche.

L'histoire à laquelle je fais allusion est peut-être la plus morale et la plus efficace qu'on ait jamais écrite, depuis qu'on écrit. Si j'étais le gouvernement, j'exigerais par un article de loi que cette œuvre fût religieusement déposée dans toutes les corbeilles de mariage.

Mais par dessus tout, cher correspondant, j'ai retenu dans ma mémoire quelques lignes de ce livre qui sont pour moi comme le *criterium* de la personnalité de l'auteur lui-même. Les voici :

« Aussitôt qu'il se retrouva dans son appartement de garçon, Darcy passa une robe de chambre turque, mit des pantoufles, et ayant chargé de tabac de Latakié une longue pipe dont le tuyau était de merisier de Bosnie, orné d'ambre blanc, il se mit en devoir de la savourer, en se renversant dans une grande bergère garnie de maroquin et dûment rembourrée.

« *Aux personnes qui s'étonneraient de le voir dans cette vulgaire occupation, au moment où peut-être il aurait pu rêver plus poétiquement,* JE RÉPONDRAI *qu'une bonne pipe est utile, sinon nécessaire à la rêverie, et que le moyen de bien jouir d'un bonheur, c'est de l'associer à un autre bonheur.* UN DE MES AMIS, *homme fort sensuel, n'ouvrait jamais une lettre de sa maîtresse avant d'avoir ôté sa cravate, attisé le feu, si on était en hiver, et s'être couché sur un canapé commode.* »

Ah ! je commence à le deviner celui que l'auteur appelle, UN DE MES AMIS, *homme fort sensuel,* c'est *mon meilleur ami* qu'il devrait dire, car tout le monde sait que le meilleur ami d'un auteur, c'est lui-même.

Quel pacha ! — Et voyez-vous d'ici l'esclave *inamorata,* la blonde odalisque attisant alternativement le cœur et la pipe de son seigneur et maître, et ses lèvres roses disputant au bout d'ambre blanc *la bocca tutto tremante* de son Paolo ?

Quelle jolie aquarelle, — hein !

A propos d'aquarelles, je passe tous les jours des minutes à contempler votre *Moine* et votre *Infante*, et je me demande à quoi vous pensiez en les faisant. — Quand vous dessinez vous n'écrivez pas, et alors les pensées qui vous traversent le cerveau doivent être vraies, intimes et naturelles. — Que je serais donc curieuse de savoir à quoi vous pensez sans y penser !

Quant à votre mèche grise — destinée à me rassurer — que prouve-t-elle ? Mon plus jeune frère est venu au monde avec une mèche toute blanche, il l'a encore. Il y a de nombreux exemples de pareils phénomènes. Vous me direz que la vôtre est grise, mais avec du noir et du blanc on fait du gris. J'ai eu la patience de faire le dépouillement du scrutin, — les noirs l'emportent à une grande majorité. — Concluez.

Mon pauvre cousin s'écarte de plus en plus du temporel, et toute éventualité de mariage semble s'évaporer; il se mortifie tellement qu'il en devient diaphane, ce qui inquiète beaucoup mon parrain. Le docteur pense qu'il serait urgent de le conduire à Naples. — Avant un mois, c'est probable, nous serons en route — et nous ne ferons que traverser Paris.

Il y avait dans ce projet de nous unir une obligation, — un devoir de famille, — j'y étais résignée. — Si cette obligation cesse par la force des choses, — je ne me marierai jamais, dût-on m'offrir un trône.

Je suis d'une nature beaucoup trop indépendante. — J'ai des aspérités, des angles que personne au monde ne pourrait arrondir. — Je suis une exception, un monstre, une anomalie dans la nature.

Ainsi, cher ami, ne vous méprenez jamais sur la suite de nos relations : — je cherche à me faire un ami masculin.

Et lorsque nous serons bien persuadés, l'un et l'autre, qu'aucun de nous deux ne peut ni ne doit dominer son *partner*, ni le tenir en laisse, lorsqu'il sera dit que chacun pourra à sa guise courir où il lui plaît, et garder sa plus complète indépendance — lorsque surtout, devenue un peu plus libre de mes faits et gestes, j'aurai fait à mes mœurs une maison de verre, ces entrevues que je vous refuse aujourd'hui pourront devenir normales, et défier le qu'en dira-t-on.

Votre amie.

IX

Je ne m'y attendais pas!... — Il me tombe une fortune de 40,000 francs de rente. Elle me vient d'un ami de mon parrain qui m'a connue très-peu. Ce pauvre ami est mort à P..., où il me laisse entre autres un château et des fermes. J'ai l'âme navrée. Cet ami, je l'aimais d'instinct, l'ayant presque oublié. — Les circonstances sont cause qu'il ne m'a pas été permis de lui prouver mon attachement et de l'entourer pendant sa vie des soins affectueux dont j'aurais été si prodigue envers lui. Je porterai le deuil un an; — pendant ce temps je me sèvrerai du monde. Une des clauses du testament dit que, si je ne me marie pas, le testateur désire que je ne quitte pas mon parrain tant qu'il ne se sentira pas fatigué de moi. Ce pauvre ami, je suis pour lui une telle habitude qu'il se trouve bien partout où je suis ; — jamais il ne me contrarie, il ne décide rien sans mon agrément, — et si je voulais m'en donner la peine, je le mènerais par monts et par vaux, selon ma fantaisie, et même *au bout* du monde.

Enfin je suis riche, n'en parlons plus jamais. Poursuivons parallèlement chacun notre vie indépendante et continuons à nous écrire, en attendant que nous commencions à nous voir. J'ai des projets d'études et de voyages, — je veux tout voir, tout savoir, — et apprendre les langues les plus impossibles.

Vous me guiderez, n'est-ce pas? vous serez mon pilote. . . . .

. . . .

. . . ce qui m'arrive.

Aimez-moi comme je vous aime, et croyez à mon respectueux souvenir.

X

Vous arrivez d'Orient et je ne vois pas encore venir les babouches que vous me promettez depuis si longtemps. Au lieu des babouches vous m'envoyez des confitures de roses, de jasmin et de bergamotte. J'ai tout offert à Mme de C... *with your best respects*. Mme de C... a accepté *your best respects*, mais elle a donné les confitures à sa femme de chambre qui, après inspection, a déclaré qu'on ne savait pas faire la pommade en Turquie.

Depuis, ne recevant pas de lettres de vous, j'ai pensé que vous me boudiez à cause de vos confitures turques, alors, il m'a pris des remords, j'ai voulu goûter à votre jasmin... Eh bien! non, là, je ne puis m'y faire; ne vous en privez pas pour moi, vous qui les aimez.

Avez-vous reçu la bourse par la voie de la diligence? j'espère que vous la trouverez à votre goût. Ouvrez-la avec précaution; — elle paraît vide au premier abord, — mais de fait, elle est pleine d'une très-fine essence, — n'en perdez pas une parcelle, — si vous m'aimez toujours.

Où avez-vous été pendant tout ce temps écoulé, mon cher Robinson Crusoé? — J'espère que vous allez me dédommager un peu bien vite, et me raconter toutes vos bonnes fortunes. . . . .

. . . .

. vous ne me ferez jamais croire que vous êtes un Caton.

Quant à moi, nous avons reçu ces derniers temps à notre foyer un jeune Irlandais *blond* comme les blés, très-romantique. Il nous a été adressé par quelqu'un que vous connaissez, — il n'a fait que traverser Paris; — il se rend à Gibraltar, tout d'une traite, *vià terra*.

Nous l'avons gardé cinq jours pleins, et il nous a fait passer des soirées charmantes. Il est bon papiste, adore son pays, dont il chante avec amour toutes les mélodies, et — vraiment — il les chante à ravir.

Connaissez-vous les mélodies irlandaises? — probablement! — Pour moi, c'était du fruit nouveau et j'en rêve encore!

Il était charmant, ce jeune Irlandais — blond. Oh! comme il me regardait avec expression en chantant :

Come o'er the sea
Maiden with me,
Mine, through sunshine, storm et snows
Seasons may roll
But the true soul
Burns the same where'er it goes[1]!

Ah! tenez, cher ami, — si nous avions eu la mer là, sous la main, au lieu du faubourg Saint-Honoré, je me serais embarquée aussitôt avec *the fair bard;* mais hélas! il est plus *anxieux* que vous

1. Viens sur la mer — jeune fille avec moi — sois à moi, par le soleil, l'orage ou la neige — les saisons changent — mais l'âme fidèle — brûle de même, partout... (*Trad. de l'éditeur.*)

quand il se trouve *upon the glad waters of the dark blue sea...*

Alors, pourquoi me regardait-il de la sorte, en chantant

> Come o'er the sea
> Maiden with me...

puisqu'il ne voyage qu'en diligence? — C'est ce qui a gâté notre petit roman, bien court.

Une fois l'Irlandais blond parti, j'ai cru comprendre que M. V... avait eu, en nous envoyant son jeune héros, une idée conquérante qui ne m'est pas venue dans le moment; cela aurait jeté quelques gouttes de vinaigre dans les si suaves et mélancoliques mélodies dont je me suis bien régalée, je vous l'assure.

Si vous allez jamais en Irlande, faites-vous chanter, par une voix jeune et fraîche, la ballade d'*Emon a Knock*, il est impossible d'entendre rien de plus exquis comme mélodie. Je ne pense pas qu'on puisse trouver un équivalent dans toute l'Italie, et dans toutes les Espagnes, — vos amours!

Il n'y a pas, du reste, de parallèle raisonnable à établir entre la harpe de la verte Érin et le tambour de basque de vos bohémiens catalans.

C'est une affaire de tempérament, j'incline vers la harpe. Et lorsque vous vous plaisez, vous, à faire le lézard au soleil, en mauvaise compagnie, j'aimerais mieux me sauver, et errer de nuit les cheveux épars dans les montagnes de la verte émeraude des mers. . . . .

Thro' midnigt gloom my Leïla stray'd;
Her ebon locks around her play'd,
So dark they wav'd — so black they curl'd[1]...

Voyez-vous d'ici le tableau — les cascades blanches d'écumes, et la lune enfloconnée, faisant rire et scintiller ses rayons d'argent dans les eaux du lac, qu'effleure la brise?

Je pose la plume. — L'image de ce jeune Irlandais blond me revient à l'esprit. — Je vais y rêver longtemps encore : vingt-quatre heures au moins! D'ici là vous aurez tout le loisir de secouer votre insouciance et de me donner de vos nouvelles, — ingrat!

1. A minuit ma Leïla s'égare... ses cheveux d'ébène flottent au vent, aussi sombres que les ténèbres ils flottent, aussi noirs ils s'enroulent... — (*Trad. de l'éditeur.*)

XI

Point brûlé à la rive gauche. Bien! J'en prends acte et je vous reporte à nouveau sur le grand livre de ma destinée. Veuillez en faire autant de moi à l'actif de mon compte courant chez vous, sauf E... ou O... — Ajoutez à l'inventaire, qu'en effet j'ai une taille de guêpe, — car je ne sache pas que vous ayez jamais vu de sylphide. — Beaux cheveux noirs... bien, c'est exact cela, pointez. — Grands yeux circassiens... parfait, pointez encore. — Mais, hypocrite! non, un coup de grattoir sur ce vilain mot, s. v. p.

Quand vous serez de l'Académie,... j'irai certainement au sermon. L'Académie est votre cachemire bleu; — moi, le sermon sera mon académie. Chacun sa fantaisie, n'est-ce pas? Et puis, l'Académie est à la mode;... chacun veut y aller, comme au sermon.

Nous rentrons de P... j'ai visité mes domaines, — j'en rapporte un panier de faisans dorés, et je vais vous les envoyer, cher Giaour; — puisse votre palais leur faire bon accueil.

***

XII

Votre miroir, *sweet Prospero*, s'est croisé avec ma bourse. Dans ma bourse vous avez mis un fil bleu très-court avec deux nœuds. — Moi, je me regarde les yeux fermés dans votre miroir, et j'y vois la figure de lord Gladstone, seulement avec un nez plus majestueux et un sourire (*rictus*) plus méchant. — C'est vous, dites que non?

Vous deviez avoir ce sourire-là quand vous m'écriviez, en parlant de la bourse : *Si vous l'avez brodée vous-même, cela vous fait honneur*; — en avez-vous douté? Tenez, vous êtes un homme affreux, vous mourrez dans l'incrédulité finale.

La preuve que cette bourse a été faite pour vous, c'est que votre vénérable amie, Mme ***, y travaillait au moment même où le jeune Irlandais *blond* nous chantait ses mélodies; moi, j'ai fourni la soie, et j'ai cousu les glands, un à chaque bout.

Où prenez-vous votre derviche, s'il vous plaît? — Où avez-vous vu qu'un derviche,— un saint,— un anachorète, ait jamais osé lever des regards de convoitise jusqu'au pain blanc? Apprenez, monsieur, qu'un derviche ne se nourrit que de racines, quelquefois de sauterelles, et de temps en temps de dattes, — le dimanche. Quant au pain bis, offert à discrétion par le boulanger charitable, c'était là un régal extraordinaire dont le saint homme aurait dû se montrer excessivement reconnaissant, et ne pas le prendre sur ce ton *mondain*.

Le pain bis d'ailleurs est le vrai pain par excellence, sachez-le; — il est plus savoureux, — plus nourrissant et moins cher.

C'est ce pain-là qui faisait la force des anciens

preux, tandis que le pain blanc . . . . . .
. . . .
. . . . et pour preuve, songez au pain que l'on fait *exprès* pour le soldat.

Votre chatte, comment va-t-elle? est-elle blonde ou brune? demande-t-elle quelquefois du pain blanc? J'ai moi, un beau chat tigré, bon boulanger, dit-on, et qui ne travaille que la nuit, comme tous les boulangers. Lorsque votre chatte viendra encore se rouler sur votre papier, donnez-lui l'adresse de mon boulanger, ouvrez-lui la porte ou la fenêtre, — et tâchez de ne pas oublier la fin de vos contes orientaux.

Puisque cela vous agrée, je fais volontiers des vœux pour que vous tombiez académicien.

Cette recherche d'immortalité prouve que vous vous amendez. Pas d'immortalité sans CELUI qui compte les heures! — Quand il devient vieux, le diable se fait académicien. Il blasphème d'une main et prie de l'autre qu'on lui ouvre les portes de la... ménagerie [1]. C'est toujours comme cela — au delà et en deçà des Pyrénées.

1. C'est une académie, une ménagerie! (VICTOR HUGO, de l'Académie.) — *Note de l'éditeur.*

Mais — je m'arrête, car vous dites qu'il faut que je vous gâte, et que je vous écrive une lettre pleine de douceurs.

Je le voudrais, — je ne le puis. — Comment! vous me dites que vous passez vos soirées à gratter les œuvres de votre jeunesse, pour en diminuer *la bêtise et l'immoralité.* Eh bien, non, — cher ami, non, je n'aime pas cela, cela froisse ma fierté, — cela répugne à tous mes sentiments. Vos œuvres émondées par vous-même, — une façon d'*auto-da-fé* volontaire, devant l'inquisiteur Academus. — Vous! — vous?

Ah! le voilà ce pain blanc, — le seul dont vous vous sentiez réellement affamé : — l'Académie!

> ... la faim est une porte basse :
> Et par nécessité, lorsqu'il faut qu'il y passe,
> Le plus grand est celui qui se courbe le plus[1].

Et déjà pour vous exercer au métier de quêteur de voix, vous vous courbez pour me dire adieu : — *Je vous baise très-humblement les mains*, m'écrivez-vous.

Quitte, plus tard, à rabaisser le monde entier,...

1. *Ruy Blas.* VICTOR HUGO. (*Note de l'éditeur.*)

à ne plus éprouver que du dégoût pour les autres, afin de pouvoir vous relever un peu dans votre propre estime. J'en suis presque arrivée à croire

. . . .

. . . .

(*La fin de cette lettre manque.*)

XIII

Vous qui savez tout, Prospero, mon cher magicien, dites-moi donc, je vous prie, pourquoi les anciens représentaient l'Amour avec un bandeau sur les yeux? La Fortune, je le comprends, mais l'Amour ? il eût été plus logique, ce me semble, de le faire absolument muet et de lui laisser l'usage de la vue.

« O ma gazelle bien-aimée — chante Sadi, le poëte persan — ne parle pas, ne parle jamais! — Garde pour moi seul ton regard et ton sourire, et j'aurai dans le cœur tous les trésors de Golconde. — Je resterai cloué à tes genoux, dans une extase éternelle ; — les siècles passeront sur mon front avec la légèreté de l'hirondelle.

« L'amour naît par les yeux, — se scelle par les lèvres, — et meurt par la parole. »

C'est pour cela, cher ami, que vous et moi ayant trop parlé, l'amour entre nous a été tué dans son œuf épistolaire, — car malheureusement la parole écrite reste, et parle autant que dure le papier.

Le culte de l'amour demande : 1° l'idole; 2° l'adorateur.

Et de nous deux, c'est à qui ne veut pas être idole. Le rôle d'idole est un rôle passif qui ne va ni à ma nature ni à la vôtre. Nous aimons trop à regarder nos pieds, — vous mes bas rayés, moi vos bottes de sept lieues. Et puis, — nous nous arrachons l'encensoir des mains, et une fois que nous le tenons, c'est le pauvre thuriféraire qui s'y casse le nez.

Remarquez que je vous écris de Naples. Nous y sommes depuis deux jours. Nous n'avons encore rien vu. La façon de voyager dans ce pays-ci est originale, mais trop émaillée de soubresauts et d'accidents. — Ah! c'est bien joli en peinture le corricolo, et ces façons de charrettes qu'on appelle des diligences... Avant de pouvoir nous remettre en mouvement, il nous faudra bien deux jours de repos, à manger du macaroni, et à boire du lacryma-christi.

J'ai seulement entrevu ce ciel bleu de Léopold Robert, il est assez ressemblant.

Figurez-vous... qu'il y a derrière notre hôtellerie une treille napolitaine très-jolie. — J'ai passé toute ma matinée à ma fenêtre, à contempler une façon de lazzarone qui dort dessous. — Il est beau et d'un plastique irréprochable. — Vingt ans au plus, peut-être moins, vu le climat. — Le teint café au lait léger. — La peau fine et duvetée, à peine une ombre de moustache. — Les cheveux noirs, bouclés, du Bacchus indien. — Ce manant dort avec une souplesse... adorable : la tête de trois-quarts, sur ses deux bras demi-nus relevés sous sa nuque, les sourcils bien arqués, et de longs cils noirs, une frange soyeuse qui porte ombre jusqu'aux pommettes; ses lèvres vermeilles laissent entrevoir une rangée de dents... qui brillent et scintillent, car à travers les pampres de la treille le soleil se joue sur ce visage au repos... C'est comme un Endymion diurne, l'antipode de l'autre, — j'aime mieux celui-ci !

Ah ! quel paradis, pensais-je, *qu'une localité* où un homme pareil a le loisir de dormir tout le jour durant. — Voir Naples et mourir, dit-on ; quel bonheur d'y vivre, au contraire ! —Quel admirable panorama que ce lazzarone et cette treille sous ce ciel bleu ! — et je me dis que si ce dormeur venait à se réveiller, peut-être ferais-je bien de m'endormir gracieusement dans l'encadrement de ma fenêtre, — pour voir à mon tour l'effet que je produirais sur lui.

Vous allez me trouver bien folle, *carissimo mio*... mais — réfléchissez que le dormeur n'est qu'une créature brute et primitive, aussi me suis-je sentie devenir tout à fait *bête* en le regardant — et . . . .

(*Le reste manque.*)

XIV

. . . . écrites d'Italie. Vous ne les avez donc pas donc reçues? — C'est dommage, car ce pays, admirable à tous les points de vue, avait fini par fondre toutes mes aspérités. J'étais devenue tout simplement adorable d'amabilité. — Vous ne m'auriez pas reconnue.

Si vous croyez que je crois un seul mot de votre histoire avec cette grande jolie femme d'Avignon. . . . . — Certainement, à tous vos défauts sensuels vous joignez celui de ne pas aimer à rester longtemps dans la même position, et le briska à deux places vous condamnait à une certaine réserve. — C'était comme une façon de camisole de force. . . mais de Saint-Étienne à Moulins vingt-quatre heures. . . . . quatre places pour deux. . . . et là, sous vos mains . . . . une jolie femme qui faisait celle qui a peur de vous. . . . . Vous ne me ferez jamais croire. . . . . . Moi, je vous vois, bien distinctement, remettant vos gants avec ce sourire infernal qui n'appartient qu'à vous. . .

Voyons, avouez-le à votre vieille amie, en me racontant cette histoire, vous en avez, à dessein, diminué *l'immoralité* et augmenté *la bêtise*. — Peine perdue, monsieur l'homme illustre, je vous crois capable de tout, moins la bêtise. . . . . Vous oubliez que je pioche le grec, que je le lis, et que je commence à l'écrire; et pour preuve, ci-inclus une page copiée couramment à votre intention. . . . .

XV

J'avance dans la lecture de l'*Odyssée* et je m'en amuse comme un enfant qui lit *Robinson*. Peut-être irai-je en Grèce l'année qui vient.

Je ne vous cacherai pas que, malgré mon désir de progresser dans la langue grecque, ma curiosité dévorante l'emporte et que madame Dacier me rend un bien grand service.

Je n'avais pas attaché d'importance aux entrailles que les héros mangent avec tant de plaisir, et que vous, illustre gourmand, trouvez si délicieuses. Le monde a bien marché depuis trois mille ans. — Les entrailles n'ont pas dû varier en tant que matières premières; mais si l'art pur, l'art idéal a dégénéré, je crois que l'art de la charcuterie a fait de grands progrès depuis Homère, et même depuis Rabelais, notre *goinfre* épique. Aujourd'hui, nous avons les dévorants de tripes à la mode de Caen, les gourmets de gras-double à la lyonnaise et les fanatiques d'andouillettes de Troyes; je suis de ces dernières. — Mais, je les aime bien saisies, et un peu brûlées. — Comme vous, j'aime ce qui croustille, c'est vraiment de la sympathie.

Y avait-il, du temps d'Ulysse, des demi-dieux comparables à Véro-Dodat? — Non, car il y aurait encore trace, dans les livres ou dans les ruines, du culte de la grande cochonnaille dont vous eussiez mérité d'être le grand-prêtre . . .

. . . .

Croyez-moi, cher déréglé, retenez-vous un peu sur le manger et sur le reste, et bientôt vous verrez disparaître vos éblouissements, vos spasmes et vos horribles migraines. Toutes vos souffrances viennent de l'estomac, c'est ce qui vous rend un peu lunatique, et souvent injuste envers celle qui vous comble de son affection désintéressée. — Ne faites pas de confusion, c'est de moi que je parle.

Cependant, si vous mourez, j'en serai longtemps peinée, je vous l'assure. . . . . . Mais ne comptez pas sur moi pour votre oraison funèbre. Vous mourrez sans doute, mais après être devenu immortel, et c'est celui à qui vous passerez parole qui se chargera de vous louer... de la bonne manière. . . . .

Vous dites, *caro*, que les anciens étaient bien plus amusants que vous autres, hommes d'aujourd'hui, et qu'ils n'avaient pas de buts aussi mesquins que les vôtres ; et, à l'appui de votre dire, vous me parlez des bêtises que fit pour Cléopâtre, à cinquante-trois ans, votre Jules César chéri... En effet, ce n'était pas un but mesquin que de préparer ainsi prématurément les voies à l'ambition démesurée de Marc-Antoine.

A propos de Cléopâtre, quelqu'un qui paraît bien informé m'a appris que Cléopâtre était admirable de corps; mais qu'elle avait la peau pain d'épice, le nez épaté et de grosses lèvres!...... Je ne reconnais pas là le vrai type grec.

Je suis en train d'explorer, dans une foule de

livres, les mœurs du siècle de Périclès. Par bien des points, ces mœurs-là sont pour moi de l'hébreu ; — il faudra m'expliquer..., ou plutôt m'indiquer quelques romans grecs, — s'il y en a — cela me sera plus commode, et, ma sagacité aidant, je crois que je suffirai toute seule à satisfaire ma curiosité. . . . .

. . . .

XVI

Qu'est-ce qui va être étonné et content? — c'est vous, *caro*, mais pas autant que moi, car j'adore la musique italienne, surtout en compagnie d'un homme d'esprit. L'une fait passer l'autre, — c'est un régal complet, puisque d'après notre doctrine le seul moyen de jouir d'un bonheur c'est de l'associer à un autre bonheur.

Donc, à ce soir. — Remettez sur un petit bout de papier quelconque le numéro de la loge au commissionnaire médaillé qui vous apporte ces lignes. Je viendrai avec mon frère, le plus jeune.

Je n'ai pas besoin d'inventer une jolie histoire,

pour expliquer votre présence. Si vous êtes là avant nous, en entrant dans la loge je ferai l'étonnée. Je dirai : « Tiens... monsieur, c'est vous; voilà un heureux hasard! » — Si au contraire nous sommes là les premiers, — en arrivant vous direz : « Tiens! c'est vous, mademoiselle; ah! voilà un heureux hasard! ou un hasard heureux, » à votre choix. — La langue est si riche... *Belle marquise*... etc.

Ce subterfuge suffira amplement, mon frère est un bon garcon,... absorbé par le calcul différentiel, il n'y verra pas malice. — Et il ne sait *point* un seul mot d'italien, notez ce *point*.

Pour vous faire honneur, je me ferai belle... Je compte inaugurer une façon de bonnet... qui fera sensation, je le mijote depuis cinq mois, — son heure est venue!

La niña de vm.

Si c'est Lablache qui joue don Magnifico, je vous en préviens, j'aurai des distractions... Je me souviens qu'à Londres — en 1836... j'étais *déjà* bien jeune — quand je le voyais passer dans

Regents s'treet, il me prenait envie de descendre quatre à quatre les escaliers, et de lui sauter au cou en l'appelant papa.

La princesse Victoria, aujourd'hui *the gracious Queen*, l'aimait beaucoup aussi; c'était son professeur favori. — Tout le monde l'aimait, ce gros homme, — la cour, la Cité, le West-End et jusqu'au New-Roads.

XVII

Vous êtes un homme affreux! — J'ai mille raisons de vous haïr, je ne vous connais plus. — Vous avez soufflé sur mes illusions, à moi qui m'étais fait un si bel idéal de l'humanité antique! Vous voulez me rendre tout à fait matérialiste, pour ne pas employer une expression plus exacte.

C'est joli la page de grec que vous m'avez adressée! il fallait donc me prévenir que c'était la clef... de ce que je ne comprenais pas dans Aristophane. — Mais vous n'avez aucune précaution envers une pauvre ignorante comme moi. — J'en suis encore outrée et colère au dernier point. Vous m'avez exposée à un *lapsus* que je ne vous pardonnerai jamais.

J'ai voulu me la faire déchiffrer cette page, par un helléniste très-vénérable de nos amis. A peine avait-il jeté les yeux dessus, que cette homme respectable a rougi comme une cerise et a laissé échapper sous la table votre page de grec... — « C'est une indignité ! s'est-il écrié, et si je savais quel est le polisson qui s'est permis cette mauvaise plaisanterie, j'irais certainement lui tirer les oreilles ! — » Ce sont ses propres paroles.

Alors, pour me donner une contenance, je lui ai demandé tout simplement si je pouvais lire *l'Ane de Lucius*. — Il m'a regardée d'abord d'un air étrange, — puis il s'est levé, et m'a répondu d'une voix brève : « Je ne vous le conseille pas, mais... vous en êtes libre. » Et, prenant son chapeau, il m'a fait un profond salut, et s'est retiré.

Eh ! mon Dieu, cher ami, ce n'est pas de la page de grec que je vous en veux, — l'art est chaste, dit-on, et je le crois si bien, que j'ai ramassé la page de grec qui était sous la table et que je l'ai soigneusement pliée dans le premier feuillet de *l'Ane*, traduit par Courier, texte en regard — car je compte bien reprendre le cours de mes études classiques quand je me sentirai plus calme.

Mais j'étais encore toute malade de la soirée passée aux Italiens. Croyez que j'y regarderai à deux fois avant de consentir à me retrouver avec vous...

Avez-vous été assez... bizarre!... Êtes-vous assez blessant, acéré! Vous avez des regards qui poignardent cruellement, un sourire qui vous ferait prendre en grippe. — Et puis — ce cachet étrusque que j'admirais parce que je le trouve admirable — pourquoi vous êtes-vous empressé de me le refuser quand je ne vous le demandais pas? Vous l'ai-je demandé? non! — Cependant il eût été peut-être convenable de l'offrir spontanément à celle qui ne vous a jamais rien refusé.

Ah... je soupçonne fort que parmi les dames de votre connaissance, dont la salle était émaillée, et à qui vous adressiez les roses de votre sourire en m'en réservant les épines, il en est plus d'une vers laquelle votre étrusque aurait volé s'il avait eu des ailes!

Et encore, — croyez-vous que je n'aie pas

remarqué votre mine renfrognée pendant que je mangeais ces pauvres petits gâteaux? Vous aviez honte de moi... et vous n'avez pas pensé que le soin de me faire belle *pour vous*, et le désir de ne pas perdre une minute du bonheur que je me promettais *auprès de vous* m'avait laissée complétement à jeun? — Tandis que vous, vous aviez dîné à fond, selon votre habitude invétérée...

Autre grief. — Vous n'avez pas voulu faire attention à l'intention que j'ai eue en envoyant mon frère chez le Félix des Panoramas, et non ailleurs, afin de nous créer un tête-à-tête de vingt minutes. — En avez-vous profité pour me dire les jolies choses que j'attendais? — Non. — Et quand alors je vous ai fait remarquer que notre cerbère n'était plus là... vous m'avez répondu assez sèchement que je savais bien être le cerbère de moi-même... Puis vous avez braqué votre jumelle sur le pupitre du chef d'orchestre, et n'avez plus desserré les dents, — et, pendant ce temps, je ne savais quelle attitude prendre devant toute cette salle tournant ses regards vers mon bonnet, dont vous seul n'avez pris aucun souci...

Et comprenez-vous enfin pourquoi je ne retournerai plus jamais avec vous au spectacle, dans ces conditions-là... car je finirais par m'ennuyer tout à fait de vous . . . .

Farewell.

XVIII

Je viens de lire Lucius ou l'*Ane*, cher ami. — Comme vous le pensez, je ne me suis pas attardée avec le texte grec. Paul-Louis m'a suffi. C'est très-original et très-amusant ce conte de fée, — et je ne vois pas ce qui a pu tant faire froncer le sourcil et dresser les oreilles à mon vénérable helléniste.

Tout peut s'écrire et tout peut se lire, quand on évite les vilains mots, — tout est là. — Et d'ailleurs, dès l'âge de raison, garçons et filles ont des yeux, et la nature, — à l'aide tous les animaux, quadrupèdes, volatiles et insectes, — se charge de les instruire. Deux mouches suffiraient à la rigueur.

Dès le couvent, je savais l'histoire de Pasiphaé et toutes les choses mythologiques. . . . .

Je viens de lire aussi *Lysistrata* d'Aristophane, c'est très-beau! très-beau!... Je crois que je vais devenir folle de l'antiquité; — quoique... il y aura toujours quelque chose qui me donnera des colères bleues. . . . .

. . . .

Ces gens-là n'étaient pas faits autrement que vous et moi, c'est bien prouvé par leurs statues. Vous voyez, cher ami, que vous avez enfin réussi à faire de moi un égal masculin, avec lequel vous pouvez causer de tout. — Je resterai femme pour tout le monde, excepté pour vous, — et je me dégage enfin, comme d'un vêtement gênant, de cette retenue pudique que vous appeliez improprement hypocrisie. — Es-tu content, Coucy?

C'est métamorphosée de la sorte, et non pas autrement, songez-y, que j'accepte de grand cœur d'aller avec vous, bras dessus, bras dessous, faire une visite au Musée, demain mardi, — comme deux bons garçons que nous sommes.

Je vous attendrai à deux heures, dans le passage Colbert, devant le marchand de pâtes alimentaires. — Nous suivrons la rue de Valois; on n'y rencontre personne.

Voyez si je deviens stoïque... Je prends cette résolution virile; et je vous écris de cette main ferme, en proie à une migraine énorme, — mais j'en aurai raison; avant trois heures je l'aurai terrassée! — ἄλγος, tu n'es qu'un mot!

I shake your hand, dear fellow.

Τιρεσιας.

XIX

Voilà comme vous êtes... je voulais visiter avec vous le Musée en bons camarades, et vous ne l'avez pas voulu. Si j'avais été un homme, m'auriez-vous ainsi tout le temps parlé de mes yeux, de mes cheveux, de mon châle bleu et de mes bottines? — M'eussiez-vous serré le bras comme vous l'avez fait?... pressé la main de cette façon... et lorsque le pied m'a tourné, — bien malgré moi, — en descendant l'escalier qui conduit aux Antiques,... est-ce comme cela que vous m'auriez soutenue? — Ah! monsieur Méphistophélès, vous complotez ma perdition... en m'attaquant par le système nerveux... Mais que serait-ce, mon Dieu!... si, me promenant avec vous dans une solitude quelconque, glissant sur une pelure de pomme, je m'étalais tout à fait dans la pose prédite à Juliette Montaigu par son père nourricier? Les cheveux m'en dressent!

Et puis, vous avez une jolie manière de me montrer les tableaux et les statues, vous me feriez prendre le Musée en haine. Oh!... bien certainement je n'y retournerai plus, avec vous, du moins! Si l'envie m'en prend, j'emprunterai le bras loyal de mon vénérable helléniste, vous savez, celui qui en veut à vos oreilles. Au moins, lui, il se laissera conduire... et ne me forcera pas à m'arrêter devant des choses que je vois bien que je ne dois pas voir.

Vous m'avez tirée brusquement par le bras pour m'empêcher de jouir à mon aise de l'admirable tableau de Mme Vigée-Lebrun, pour m'obliger, dix minutes durant, à dévisager votre Joconde, une femme qui n'a pas même de sourcils, qui a des cheveux carotte, une face de pleine lune, qui n'a rien de sérieux; et cette bouche, parlons-en,... pince-t-elle assez les lèvres! elle devait avoir de vilaines dents cette femme-là, et encore, en avait-elle? rien ne le prouve.

Et vos Rubens!... j'en ai encore le torticolis pour avoir trop levé la tête vers cette avalanche de hanches joufflues, vermillonnées et grasses à déborder. Et dans quel courant d'air nous étions... j'ai eu beau toussoter à plusieurs reprises, vous avez été sans pitié; vous êtes si dépravé, que vous savoureriez les grosses dondons flamandes de votre Rubens, même sous une pluie de mitraille...

Et puis, il y a dans ces grands diables de tableaux de Rubens une chose qui me déplaît au delà de toute expression,... c'est ce mélange sacrilége de paganisme et de christianisme... Comment peut-on tolérer cela?

Et puis, qu'est-ce que c'est, Monsieur,... que cette mystification que vous avez voulu me faire en m'expliquant le tableau de Paris Bordone, ces soi-disant *Vertumne et Pomone*; vous me montrez une poignée de fleurs au lieu des légumes et fruits classiques; sous ces fleurs vous évoquez le serpent, et de votre autorité privée vous leur faites tenir un langage et vous leur donnez une portée plus ou moins allégorique qu'évidemment elles n'ont pas. J'y ai pensé longuement depuis avant-hier, et je vous déclare que je n'y veux rien comprendre, et que tout ce que vous m'avez dit à ce sujet vient d'un esprit... malade.

Je vous passe la sculpture; de ce côté-là, je vous ai trouvé presque raisonnable. En effet, la statuaire a des mœurs inflexibles, tandis que la peinture se permet tout.

J'accepte vos données sur les bras absents de la Vénus de Milo; était-ce dans l'origine Vénus victorieuse, ou Clio, ou toute autre? C'est très-beau tel que ça est.

Quant à la Vénus Callipyge, vous me permettrez de relever une contradiction dans votre amour du beau : entre ce que vous admiriez outre mesure dans les nymphes de Rubens et ce beau exigu que vous me signaliez du doigt dans cette Vénus,... il y a bien de la marge, ce me semble,... il faut prendre un parti cependant. Je vous conseille d'additionner les deux valeurs, d'en tirer une moyenne et de vous en tenir là comme esthétique sur la matière.

Je ne vous en veux pas du tout de ce que vous

m'avez dit dans le bénitier en marbre, pendant que je vous répondais de la bonne manière dans le bénitier opposé ; cette façon de causer à demi-voix me plaît beaucoup, à cause de l'éloignement où l'on se trouve l'un de l'autre;... on peut se dire tout ce qu'on veut, sans craindre les voies de fait, — j'en rirai longtemps.

Comment va votre œil?... Je ne l'ai pas fait exprès, croyez-le bien ; — s'il en était ainsi, je serais inconsolable.

Moi, je vais bien, et vous n'avez pas pu réussir à m'enrhumer avec vos Rubens...

Somme toute, je ne vous en veux pas trop, de tous vos enfantillages... au contraire, je vous en aime davantage. Mais quand vous tournez au diabolique, je vous battrais comme plâtre, si j'étais la plus forte.

Ne comptez pas sur moi pour une nouvelle visite au Musée avant la clôture. — Non, n'y comptez pas, vous dis-je, — et vous savez : quand je dis non, — c'est non.

Au revoir, mon cher Ωκυπε.

***

XX

. . . . . Encore une partie manquée, *caro,* mais à qui la faute? tout s'annonçait si bien. .

. . . .

. . . .

. . . . et ne me dites pas qu'en tout il faut de la persévérance, et que l'appétit vient en mangeant. Pas toujours, car enfin, le croiriez-vous, j'aime la gelée de pomme, la tarte aux pommes... les pommes cuites même! mais je n'ai jamais pu me décider à manger une pomme crue. — Et cependant, expliquez cela si vous pouvez, j'adore le parfum des pommes, j'en mets partout, dans mes tiroirs, dans mes armoires et dans mon linge. . . . .

. . . .

. . . .

. . . . . . A l'âge de quinze ans, je cueillis un jour un coing magnifique, très-appétissant à l'œil, mais d'une odeur tellement pénétrante, qu'à force de le respirer je devins comme ivre, et finis par vouloir y mordre à belles dents. — Ah! mon pauvre ami, je sentis dans ma bouche une telle âpreté, que je le rejetai au loin avec horreur, — et je ne recommencerai pas... pour un empire; pas même pour une pierre étrusque. — L'avez-vous toujours? . . . .

(Le reste manque.)

Ainsi que nous l'avons dit dans les quelques lignes qui précèdent cette trop courte publication, la première liasse des *Lettres de Mme de Sévigné* était la moins malade; les trois suivantes sont anéanties. —

Quant à toutes les autres, écrites pendant la période du second empire, il eût été possible d'en extraire une assez volumineuse série de *fragments*, — mais l'inconnue, qui était évidemment une femme de beaucoup d'esprit, et d'un esprit mordant, était en outre très-jalouse..... Nous avons cru devoir nous arrêter devant une question de convenance.

FIN.

www.ingramcontent.com/pod-product-compliance
Ingram Content Group UK Ltd.
Pitfield, Milton Keynes, MK11 3LW, UK
UKHW021111260726
13994UKWH00002B/845